被一朵花召喚

琹川——著

序《被一朵花召喚》

　　舊詩或古典詩，新詩或現代詩其間的差異，除了格律、韻腳之基本功有無外，其間最大的差異我認為是寫詩人膽識之有無，及語言開放與否之差異，當然這也不能一概而論，唐李義山的為詩態度之野放與大膽，可說早開現代所謂「陌生化」的先河，也是西方所謂象徵派詩的先祖。我嘗言，詩無新舊，只有好壞。然好與壞的分野，又多麼難以認定。記得當年由新詩革命進化到所謂「現代詩」，當時由於現代詩直接接受西方詩學作橫的移植，中國傳統的象形文字要學西方的拼音文字的語法，造成極度難以理解的困境，有識者就辯解說「這是現代詩人寫詩所有意造成的紊亂」，雖說振振有詞，不能不說也是一種詩無達詁的道理。然而這種強辯造成的結果，是寫現代風格的詩人被認為是「前衛」或「超現實」。而持保守態度以歷來抒情風格寫詩的詩人所主張的「明朗健康」則被譏以「抱殘守缺」或「中規中矩」，甚或「四平八穩」。於是就臺灣詩壇言，壁壘便馬上分明。

這本《被一朵花召喚》詩集作者女詩人琹川便是這個尷尬時代出現的一個傑出女詩人。但她不屬於寫現代風格分明的族群的一員，而是守在健康明朗、有為有守的陣營中，默默的寫她自己覺得該寫的詩；所以雖然她的作品絕對不亞於那些前衛詩刊女作者的品質，但她始終少被詩評家注意評論，不免為她抱屈。

　　琹川是臺師大中文系知名教授楊昌年先生的得意高足，受過嚴格的中文書寫訓練，及古中國文學與哲學的豐富薰陶，所以在詩創作的基礎上，敢說少有人能與她匹敵。這本取名為《被一朵花召喚》的詩集中，收集了她自2014至2020年間的七年詩作一百零五首，每年各為一輯的編選。七年之間寫了這麼多的詩，而且都能在大報副刊及詩刊發表，在詩人這麼多，好的詩園地不多的臺灣，她應是一個詩壇的強者。

　　詩作是作為一個詩人的唯一身分證明，詩人所寫的不外抒情、敘事、感懷或紀念等幾大類。但自所謂「女性主義」，及「女性意識」抬頭以後，也就有了所謂「女性書寫」這一新的篇章；開放的「身體書寫」，以及「下半身寫作」都曾打破傳統的圍限，在女性詩人的思維中造成困擾。但琹川似乎始終免疫，她只一心一意寫她心意所屬，情感所應關懷的詩。她從不為潮流所惑，也絕不當和音天使。

　　在她詩集的七輯中，首先讓我注意的是集中第一輯的〈一葉詩箋〉，共有三至十行的短詩廿六首，抒寫人間至

情、蹉跎歲月，可說每一短章都精緻透亮、灼灼有情、無微不至的欣喜滿足於這世界的歲月遞嬗。這一組詩可以其中的一首〈楓葉詞〉來概括詩人對世間所感受到的滿足和欣慰。詩如下：

楓葉詞

一掌熱情，拓印生命紅艷
一掌希望，續寫人間青綠
一掌悲憫，祈願災難遠離
一掌關愛，世界共享和平

另外在最後第七輯中，有名〈拾朵集〉的二至八行短詩三十五節，像紛紛的花雨樣，既刺目又耀眼。稍舉數節，以示女詩人的身手確是不凡：

拾朵集

魚游天空
划出兩道長長的水紋
月落水中
擱淺在交錯的藻荇間

陽光躲貓貓的上午

波波襲來滿耳的蟬唱

浴在各種草香裡　渾然

忘我　山野間的勞動者

即使大地變色

看雨的人已能淡然處之

海是長卷

不斷地摺疊光陰

海有千舌

捲入歡笑吐出回音

　　這些分段的詩句，看似各自為政，互不相連，其實
從各行的談吐間，有「句斷意不斷」，仍具有機的脈絡可
尋，四時運行的軌跡仍昭然若揭。女詩人的惆悵述懷像發
光的砂礫閃爍其中，細讀方知其高妙所在。

　　琹川雖是女性詩人，但對現實社會的紛亂和天災人禍
的關懷，一點也不亞於男性的勇邁和積極。這本詩集中有
兩首這種寫令人驚悚的詩，一首是2014年發生在高雄的
氣爆，她用一種植物〈朱槿〉的默默依舊努力綻放，來
面對：

世界在驚痛中醒來

一條條肝腸寸斷的道路

一處處歷經浩劫的廢墟

一道道雨淚交織的河流
攤在陽光下訴說著昨夜的震懾

……

一朵朱槿，默默
在傾圮的牆邊
仍將傷損的花瓣努力地綻放

女詩人面對如此可怕的摧殘，如此人間的悲痛，僅以一枝植物的處變不驚態度來描寫；她是以多麼溫柔敦厚及多麼悲天憫人的慈悲心境來看待這物慾高張世界，只求無盡享受所換來的滔天災難！

她的第二首寫災難侵臺的詩，是2016年11月發表在《華文現代詩》第十一期的〈虐〉，這是描寫2016年9月27日梅姬颱風侵臺肆虐；整個蘇澳地區泡在水裡，淹水達兩層樓高，蘇花公路路基流失，遊覽車摔落山谷的驚人慘劇。這首詩的表現非常特殊：

虐

那婦人發狂的在街道尖叫嘶喊，用力去搖動每一扇門窗，從早到晚不曾稍歇。受驚嚇的島民，疲憊地豎起耳朵，聽著她持續在門外撒野，淒厲叫聲鬼魅般揪著每一個人的心。

螢幕上不斷播報她到處惹的禍，沒有人能夠阻止。到底是飽嚐了多少辛酸委屈，讓她如此不顧一切的歇斯底里，瘋狂破壞，或者她自以為是呼風喚雨的魔女；無法掌握自己命運的人，卻認為可以主宰他人的命運，她惡意的徘徊在黑夜的夢土，伺機擷取酣睡的魂。

飽受折騰的島民無計可施，網路上謠傳著，她是孔子請來的，她與孔子簡直是八竿子打不著，這世界——真是令人難以理解的紛亂。倒是在孔子誕辰這一天，她逐漸停息了怒吼，回頭看了一眼被自己蹂躪的土地，又昂首移動發胖的身軀，一腳跨過海峽，朝另一方奔去。

之後好幾天，她的名字仍不斷的被提起，他們叫她——梅姬。

詩人是用散文的句法將颱風梅姬化裝成一個潑婦樣的瘋子，無厘頭地把世界搞得令人難以安身的紛亂，一直要到孔子誕辰日才停息揚長而去。這種捨棄分行排列形式的詩，稱作「散文詩」。散文詩究竟是不是詩，或被罵成不過是散文的分行，是詩的贗品，過去多有爭論，但我認為仍應從本質上去認定其是否具詩的本質。形式只是詩的載體，這首詩用象徵、反諷的手法，將一場物理現象的天災，改寫成一用意象來表現詩的過場，應該仍具詩的張力表現，肯定仍應是詩。

栞川到底是詩這一文學表現的老手，只有經驗豐富的寫詩人，才能有勇氣和把握去作各類型表現的詩。這本詩集，即是她七年中交出的最佳成績，她是在被美所召喚。

2021年3月9日

向明：本名董平，出生於湖南長沙，曾為《藍星詩刊》主編、
　　　《中華日報》副刊編輯、《台灣詩學季刊》社長。一生
　　　創作不懈，寫詩逾半世紀之久。作品被譯成英、法、
　　　德、日、義、印度等國文字，並收入國內各大詩選。

詩如織錦
——序棸川《被一朵花召喚》

張錯

　　傳誦千古的希臘史詩《奧德塞》（Odessey）最精彩
處，不止是奧德塞斯（Odysseus）海上十年飄泊，原鄉的
堅持與返家的渴望，更辛酸的是留在綺色佳的妻子佩涅洛
佩（Penelope），苦守皇宮二十年等他回來。頭十年是奧
德塞斯攻打特洛埃的英雄事蹟，木馬屠城，啟航凱旋返
國，後十年是迷航漂流在地中海，佩涅洛佩卻要應付眾多
不懷好意欲想侵占家產的求婚者，他們上門霸居宮殿，要
求婚娶。佩涅洛佩堅信丈夫一定回來，為了拒絕貴族子弟
們的求婚要求，委屈求全，提出先要為奧德塞斯父親織一
塊裹屍壽衣，在去世下葬時用。她白天紡織，晚上拆線，
拖延了三年，直到被侍女出賣洩露，此計不通。

　　古代農業社會男耕女織，唧唧復唧唧，札札弄機杼，
婦女一生幾乎都在織布機前度過。希臘婦人更負責紡織一
家大小穿著所需的布料，織一塊精緻圖案的完整布匹往往
需時一年。紡織本就是成果緩慢的工程，白居易〈繚綾〉

詩有「絲細繰多女手疼，扎扎千聲不盈尺」之句，就是說機杼札札千聲裡，織出來的綾緞還不滿一尺。所以佩涅洛佩時織時拆，費時耗日，也算正常，未被求婚者懷疑。這批紈絝子弟也不是省油的燈，他們所以不疑，是基於對藝術觀念的尊重。一件藝品的完成，不止是產品，而是工作者面臨的挑戰，在過程中不斷搏鬥、設計、創造、修改、轉折、再創新、直到滿意，此中甘苦，如寫詩，不足為外人道。

（一）

詩人在心為志，發言為詩，擇詞造句，審慎籌設，就像紡紗織布，經緯區宇，彌綸彝憲。琹川以心觀物，萬物有情，心的風景一旦催動，百花鋪陳，千嬌百媚，春來鳥語花香，夏至蟬鳴響徹，一年四季，織了又拆，拆了又織，轉動萬花筒般的七彩織錦。她說：

> 眼睛經過　又回眸
>
> 經過　眼睛喚住了心
>
> 解讀一朵花的唇語
>
> ……
>
> 眼睛看到的一朵花說它根本不存在
>
> 而空枝上凋逝的影說它曾經美麗過
>
> ——被一朵花召喚

花的唇語就是花開花落的言語，輕聲細語，落地無聲。賞花人以眼留心，用心觀物，珍惜現在，回眸再看，依依不捨，方知過往不會磨滅，一切的曾經，都美麗過，因心的憶取而存在。人的青春，也是花的青春，花鳥依然在人間，不斷的擬人句法裡，真是一場熱鬧的「花嫁」：

　　鑼鼓敲在三月的夢裡
　　水流映著花影載歌載舞
　　新嫁娘坐在綺窗前
　　描畫著遠山翠黛以及嫣紅春色
　　忽地　門外唱起了桃夭之歌
　　女子緩緩起身
　　一襲繁花織錦便嘩啦啦地流向四季

　　　　　　　　　　　　　　　　——花嫁

　　藍鵲群聚密林深處聒噪地商議
　　油桐樹上的紅嘴黑鵯急急呼叫著
　　白耳畫眉卻好整以暇地吹著口哨
　　清亮的童音於櫻木新葉間跳躍著

　　　　　　　　　　　　　　　　——霧中鳥聲

這些風趣俏皮的句子，還包括有魂不守舍的相思鳥，多聊八卦的鸚鵡，太陽鳥道貌岸然，灰鴿頹廢，文鳥矜持，不甘寂寞的金絲雀：

二樓的相思鳥胸口著了火

從早到晚自言自語魂不守舍

隔壁的鸚鵡們愛聊八卦

尖銳聲音在每一扇玻璃間拉鋸

太陽鳥住樓下倒是很淡定

一副哲學家模樣冷眼旁觀

個頭最大的鴿子縮著身

以頹廢的灰影背對整個世界

至於三樓的文鳥話不多

但興起時也會哼個三兩句

對面金絲雀常在午后引吭高歌

得意地炫耀牠的九轉花腔絕活

—— 鳥公寓

這就是琹川在時光歲月紡織起來的世界，任串串紫紅蝶
花，依序展翅，成為一張時光花毯。

（二）

　　寫詩如織錦，蘊含詩人心境，欲言又止，若顯若晦，
不斷出現在明、隱喻裡，顯示出詩人生命體驗的起伏衝
擊。琹川的詩不是風花雪月，相反，她經常藉花草抒情，
流露出一種人生感悟。吾師施友忠先生有「二度和諧」
（Second Harmony）之說，指出「詩人的心境，只有在

他的詩篇內可以看到。所以二度和諧，最後總是指詩章的性質或風格而言。這種心境或詩境，並非空中樓閣，而是植根於實在世界之中，同時卻也超越了實在世界。」（施友忠，《二度和諧及其他》，聯經，1976）。施先生繼舉《聖經》新約「浪子回家」典故與禪宗「老僧三十年前見山是山，見水是水」故事，指出生命由迷而悟的過程。這過程具備有三層經驗——浪子離家前與返家後，或是禪師三十年前和三十年後，見山水是山水的兩層（即第一層和第三層）經驗看似相同，實有天淵之別，因中間隔了第二層的鍛練覺醒。現象世界與本體世界本無了別，二者之中所呈現的表面差異，已因中間鍛練階段（非山非水）作為橋樑，使二者合而為一。但這種境界太否定消極，僅能是一座橋樑讓我們跨越，晶瑩透澈連接起感官世界與心靈世界，視為一體，達到詩人第二和諧的境界。

　　且以琹川〈羽化〉及〈蟬衣〉兩詩申論，資料顯示，蟬的幼蟲在地下要度過五年到十年時光，先後經過五、六次蛻皮，到了第五次在地底泥土蛻皮後，才會在晚上悄悄爬出來攀上附近樹枝，在樹上作第六次也就是最後一次的蛻變，叫做蟬蛻。蟬蛻時不能受到干擾，不然翅膀就不會發育自然生長，導致一生不能飛翔。儘管在地底常留數年，它的生命只有短促幾週，主要為了交配繁殖。

　　就像二度和諧的第一層，是序曲或是終章，琹川描述蛻變過程是三年、五年（甚至十七年）。每次金蟬脫殼都是痛苦，鍛練出一身堅強剛毅身軀。一旦九轉丹成，飛

上枝頭，「在璀璨而短暫的時光裡／唧唧急急尋求相契伴侶／圓滿　知了此生」（〈羽化〉）。最後三句利用修辭學的擬聲法（onomatopoeia），把蟬鳴唧唧、急急、知了（其實也是紡織的聲音）來描繪生命在短暫時光裡，急促尋找相契伴侶的任務，以便「知了」此生。其實那能知了便知了？當時知了，見山是山，原來不知，見山非山，後來再知，見山仍是山，卻非原先的山或是原先的知了。

　　所以在〈蟬衣〉一詩：

　　　六度蛻身之後
　　　羽化的本尊已然高踞枝頭
　　　昂昂烈烈地引吭高歌
　　　只餘一隻隻空了的蟬衣
　　　靜靜掛在櫻木上
　　　有如入定的老僧

這些羽化後高踞枝頭引吭高歌的本尊，應不是本來面目的本尊吧？那麼褪下蟬衣的分身，昂昂烈烈迎接美麗新世界，應該就是見山非山的第二層鍛練吧？難道靜靜掛在櫻木上一隻隻空殼蟬衣。就是有如入定老僧二度和諧的感悟？

（三）
　　栞川曾有佳句「故事不一定聽得到花開的聲音」，也許就是克羅齊所謂美學的距離吧？她有兩首夜晚的詩，我

非常喜歡，一首描述夜晚的海：

在暗夜裡
在浪尖上
有什麼消逝了
又有什麼被翻出
海的節奏依舊
人的悲喜很輕
輕如夜花的開落

——假期

另一首就是「故事不一定聽得到花開的聲音」在靜夜燈火裡：

羅列的燈火　閃爍著
無非喜怒哀樂的紅塵
故事不一定聽得到花開的聲音
燈亮了又熄
唯有星子靜靜地升起

——靜夜

這種雲淡風輕的生命感悟，讓我又想起施師指出，二度和諧並不是一個放諸四海皆準的圭臬，它最適用的詩類就是抒情詩，其品質也包括了無機心、自然、體用一源，

顯微無間的境界，「能修到二度和諧境界者，一定恢弘廓
大，恬靜淡泊，悠然超出物外。」

真的真的，人的悲喜很輕，輕如夜花的開落，燈亮了
又熄，唯有星子靜靜地升起。

不也就是二度和諧嗎？

張錯：本名張振翱，出生於澳門，為當代著名詩人、學者，著
　　　作等身，《星座》詩刊創辦人之一。一九六二年進入國
　　　立政治大學，後獲美國楊百翰大學碩士、華盛頓大學博
　　　士，為南加州大學比較文學系及東亞語文學系教授。

導讀：論栞川的時間詩學

胡爾泰

　　有時間詩學，也有空間詩學。所謂「時間詩學」就是以詩的各種意象來詮釋或描繪時間的本質或樣態。臺灣知名女詩人栞川在前一本詩畫集《寂靜 對話》中就賦予了「時間」各種意象（例如：時間的弓、時間的灰、時間的窗口、時間的海洋、時間留下的氣味等等），在這一本即將出版的新詩集《被一朵花召喚》中，她又賦予「時間」新的意象，以表現時間（光陰）的本質和各種樣態，堪稱臺灣詩壇在闡釋時間詩學方面的佼佼者。

　　時間是既存在又不存在的東西，我們看不見也摸不著時間本身，所以它好像不存在（時間的劃分只是人為的設計），可是，我們從氣溫的變化，花開花謝、容顏之逐漸衰老，以及所有景物的變化，又確實感受到時間真的存在。當我們感受到時間不存在時，它是靜的；當我們感受到時間存在時，它是動的。因為這樣，時間又出現「靜」與「動」兩種相對的樣態。這種對比在栞川的新詩集《被一朵花召喚》詩中一再地出現。

在此新詩集當中，以「被一朵花召喚」和「沿著時間的脈紋」這兩輯收錄的詩，最能表現琹川的「時間詩學」（其他輯子也偶見）。底下就分類來論：

一、以四季（季節）的遞嬗來鋪寫時間的流轉：〈初秋早餐〉一詩從夏日的綠葉，寫到秋天的花（蜜），再寫到沙啞蟬唱，我們感受到景物隨季節（光陰）而轉換，此光陰又被比喻為三明治，讓人靜靜咀嚼。〈青楓之花〉一詩從秋日霜降，經過冬天，再經過東風初起的春天，一直寫到鳳凰花開的夏日（鳳凰自火中飛出）。〈草〉也是從暮春經夏秋冬，寫到第二年的春天，以之描繪草的四季百態。〈花嫁〉一詩透過「一襲繁花織錦便嘩啦啦地流向四季」一語來表示季節的流轉，此詩的花是雙關語，既是真實的花，又是織錦上的繡花。繡在織錦上的花可以擺脫命運的約束，走向四季，走向永恆了。〈蟬〉一詩首句「前腳踏入夏」和第二節首句「後腳就秋了」，意象鮮活，又以蟬生命的短暫比喻時間之飛逝。〈沿著時間的脈紋〉這一輯所收錄的十八首詩大體沿著季節的遞嬗而排列，從冬天（雪後），歷經春夏秋，再進入〈歲末〉，結構非常獨特。時間是永恆的，也是變動不居的，用詩人的話來說就是：「時間在旅行」。

二、以「霧」來象徵時間之流逝與無所不包：〈拼圖〉一詩云：「每一塊碎片帶著霧的濕氣／在歲月的版面

拼出此生圖樣」，此生的樣貌既由霧的濕氣造成，則此生就是不可名狀、無法預料的，甚至是命定的。〈老花〉一詩首句「那是歲月飄來的霧」，表達類似的意境。〈午後〉一詩以「貓足」來比喻霧的飄移和時間的推移：「誰披著輕紗貓足而來／越過層巒／模糊了近樹修長身影／天地宛如一枚霧繭／山屋在繭中靜默／人在繭中之繭點燈。」此詩的妙處不僅在表現時空的美學，也在傳達人生受限與作繭自縛之禪意。而以「貓足」來比喻霧的飄移，此手法與美國詩人卡爾‧桑德堡（Carl Sandburg ,1878-1967）之〈霧〉詩（Fog）對於飄霧的描寫The fog comes/on little cat feet（霧來了／躡著貓的腳步）如出一轍。桑德堡另有一詩〈霧〉（The Mist）首節有如下的詩句：My arms are long/Long as the reach of time and space（我的臂膀很長，長如時空所及之處），只是琹川更進一步把它與人生、時間綴連在一起。〈春霧〉一詩更妙，不僅以各種比喻描繪春霧之象（「如安靜流走的光陰」、「霧紗」、「細如煙絲」、「輕如櫻夢」），也有動靜的對比「謐寂中織滿細碎嫩綠的兒語」。詩人自身竟也化成了霧，成了時間自身，飛向了永恆（「飛向夐遠而深亮的天光」）。

三、以「動靜」的對比來彰顯時間的本質：〈忘憂森林之二〉詩云：「猶一束光／劃過靜謐中的秘境／…卻總聽到染綠的歌聲響起」，靜謐與聲響相對。〈忘憂

森林之三〉詩云：「時間凝止／卻又如風」，充分體現時間的本質。〈如此寂靜〉全詩也是透過「動靜」的對比來表現時間的特質：「如此寂靜／…秋風褪去了海洋的氣息／素淨的臉龐不起一絲紋波／打包好季節的喧嘩／輕掩門扉　點亮一盞月／…日夜在秋天行走／寂靜　如此」。此詩動中有靜，靜中有動，意境深遠。〈雪後〉一詩，以動靜的對比來詮釋一物之兩態：「歷劫之後／沈睡的井被激發出滾滾湧泉／青蛙一躍／外面的天空竟然如此遼闊」。〈寧平古廟〉一詩云：「時間輕巧的吐息／啞了鐘聲的寺前…」，也是以動靜對比來凸顯時間的本質。〈雪鄉〉詩句「寂靜是亙古不變的聲音」，幾乎是動靜對比詩風的基調（Keynote）。

四、人在時間中的無奈與迷惘：此迷惘之心表現在夢中，也表現在抉擇的時刻。「夢」在時間之內，又超越了時間，兩者呈現一種辯證關係。琹川在〈迷櫻〉這一首詩當中，試圖表達這種關係：「季節走失了軌道／混亂中一切密碼尚未重組／天地間所有訊息接收錯置／一枝春天的櫻花夢中醒來／竟發現自己站在蕭瑟深秋裡」。這首詩有「莊生曉夢迷蝴蝶」的迷惘，也有一種存在的憂慮。在〈散步〉一詩當中，琹川也面臨了Robert Frost著名的詩〈The Road Not Taken〉（未行之路）所涉及的抉擇上的困難：「清澈的語言藏在一朵花心中／而綻放與凋萎都在風裡／被多事的芒花

不斷地書寫／黃昏來臨之前／我轉身走入了佛洛斯特的小徑」，其象徵意義就是獨樹一幟，選擇了人不常走的路。〈觀螢〉一詩則把螢光、星光、詩光和露珠四種意象交疊（Superpose）在一起，而這四種光亮的東西全由時間重組：「閃爍的星群密碼／不斷地被時間重組、解讀…／夜裡夢見詩全散成了文字／每一個字都發著光／圍繞著她　螢閃成無數的星子／於是整夜忙碌地揀字組詩／醒時卻發現／全落成了地上的露珠」。與時間相比，人所能做的其實很有限。

五、人與時間的合一：時間是無限的，人的生命是有限的，人如何超越時間，進入永恆呢？這一直是哲人和詩人思索的課題。中國古代哲人以「三不朽」來超越時間，法國文學家小仲馬（Alexandre Dumas,fils）說：人死後才能遁入永恆。詩人席慕容說：「無從橫渡的時光啊／詩　是唯一的舟船」（〈光陰數行〉），以「詩」為擺渡時間之河的憑藉，琹川以不同的視角來看待此課題。前引〈春霧〉一詩，詩人透過幻想，讓己身進入永恆。而在〈鏤空心葉〉一詩當中，則以毛毛蟲齧葉（鮮翠的青春）成長蛻變成一隻彩蝶，演繹生與死的關係，並經由「領悟」，來超越此生死的循環：「領悟的心葉／所有空缺遂被祝福填滿」。

　　琹川的文字功夫了得，更擅長意象的營造，除了前文所引之外，她又以「野馬」（〈時間〉）、「河流」

（〈與春天拔河〉）、「魔毯」（〈秋日乘涼〉）、「弦音」（〈蟬歌〉）、「蝴蝶」（〈吃花賊〉）、「鳥」（〈拾朵集〉）等物來比喻光陰，這些比喻都融入整首詩的意境當中。在詩的結構上，琹川也有一些發明：〈與春天拔河〉一詩，一二句相對，三四句相對，五六句相對，八九句又相對，真是巧妙。〈夏日那一抹粉紅〉詩有兩節，每節六行，文辭顛倒：第一節第一行的「蟬聲落入」，到了第二節第一行變成了「落入蟬聲」，第一節第二行的「野牡丹淺淺的笑靨裡」，到了第二節第二行變成了「那淺淺笑靨的野牡丹」，第一節五六兩行與第二節五六兩行位置對調，詞句也顛倒，這是前所未有的發明。一如季節之連續，琹川詩的結構也是連續的，此連續性可用「頂真」的手法來展現。例如：〈穿過季節〉一詩，第一節末兩字「詩句」是第二節的首二字，第二節的末字「心」又成了第三節的首字。整首詩透過迴環複沓來表現花木與人生之虛幻。

琹川的時間詩學，也是一種時間的美學，一種對人生的省思與體悟。《被一朵花召喚》這本新詩集收錄的詩幾乎每首都精彩，值得讀者深思玩味、一讀再讀。

辛丑年仲春　胡爾泰寫於臺北

胡爾泰：臺南人，臺師大文學博士，曾為臺師大、輔大等大學
　　　　教授，於文史哲、宗教學、藝術美學等，皆有深入研

究，尤擅長古典詩和新詩之創作。早年遊學法國、德國和荷蘭，在詩壇上素有「文字遊俠」之稱譽。

目次

2016　沿著時間的脈紋

2017　夜的眼底繡出了金色流蘇

2020　只是轉瞬間

2014　被一朵花召喚

初秋早餐

一隻蝶翻過夏日的葉背
尋找秋天的花朵
一隻蜂在秋天的花朵裡
追索記憶中的蜜
一朵花側耳傾聽整座山
波湧而來的沙啞蟬唱
一個人夾起光陰三明治
靜靜咀嚼　風的滋味

《聯合報》副刊，2014/09/19

《世界日報》副刊

《2014飲食文選》

如此寂靜

大冠鷲遠遠穿梭於雲朵之間
披著深深淺淺的陽光
山坐在斑斕的光影裡閱讀
一疊發黃的雁書

如此寂靜
孤挺花高高憑欄跟葉子揮手
秋風褪去了海洋的氣息
素淨的臉龐不起一絲紋波
打包好季節的喧嘩
輕掩門扉　點亮一盞月

日夜在秋天行走
寂靜　如此

《聯合報》副刊，2014/09/30

《世界日報》副刊

被一朵花召喚

眼睛經過　又回眸
經過　眼睛喚住了心
解讀一朵花的唇語

那從根出發的章節
穿過黛綠隧道一路行來的足跡
交織著圓滿與殘缺葉子的書寫
在所能及的高處綻放出的花朵

恆常無法為誰停留
時光攤開的掌中握不住浮塵
一瓣瓣的嫣紅終將被風銜走
尋覓著指間殘餘的香

眼睛看到的一朵花說它根本不存在
而空枝上凋逝的影說它曾經美麗過

《聯合報》副刊，2014/12/30

《世界日報》副刊

忘憂森林

之一

曾是杉林溪畔自傲的英姿
山嵐煙靄孕育的絕塵仙林
地裂天崩於九二一之夜
冷冷的水流頓時淹沒了足踝
從此再也走不出這方沼澤
一排排一列列遂站成了碑
以乾枯之身寫筆直的墓誌銘
寫成了一種風景　據稱
旅人紛落的驚嘆足以忘憂
而我的霧　仍在森林中迷走

之二

猶一束光
劃過靜謐中的秘境
肩上月白的披風

彷彿千年以來即如此

穿行時空若夢

橫豎　都是死亡的氣息

卻總聽到染綠的歌聲升起

試圖喚醒前世記憶

之三

年輪沉眠於水中

上下倒影

哪一個是真

哪一個是幻

或者真亦是幻

時間凝止

卻又如風

擺渡的舟穿梭

直至抵達　無憂

《人間福報》副刊，2014/07/03

蟬衣

六度蛻身之後
羽化的本尊已然高踞枝頭
昂昂烈烈地引吭高歌
只餘一隻隻空了的蟬衣
靜靜掛在櫻木上
有如入定的老僧

《葡萄園詩刊刊》203期

朱槿——為高雄氣爆而寫

在故鄉之南
夜晚的街道一如往常
朱槿正醞釀著馨暖的花顏
等待明日的陽光
此時　一絲絲黑霧悄然蔓延
飄過正欲斂起的雙雙羽睫

源自未扣緊環節的輕忽縫隙中
那黑霧　倏地化成憤怒的火光
街道恍如戰場被轟然炸開
頓成一縷輕煙的魂尚未回神
今夜的家已是不可觸及的夢

世界在驚痛中醒來
一條條肝腸寸斷的道路
一處處歷經浩劫的廢墟
一道道雨淚交織的河流
攤在陽光下訴說著昨夜的震懾

佛菩薩低眉垂眼

慈悲地撫慰這無常的示現

含淚的島民

以愛細細的縫補傷口

一朵朱槿　默默

在傾圮的牆邊

仍將傷損的花瓣努力地綻放

《文學台灣》93期

獅山村之夜

圓熟之果被誰的木魚
咚　一聲敲落
夜醒來薄霧的袖口
紛紛掉出璀璨的珠寶瓔珞
叮叮噹噹直滾到山之外
以及山之外的　海
以及海之外的　天

眨閃閃的眸子
流成一條壯闊的河
背向我直奔至出海口
有幾顆擱淺在山腰
遠處　隱隱的閃電雷響
而旅人的夢
正在一顆飛行的星上

風將林樹吹成萬頃濤浪
八方向我襲來

迴盪於深靜的石壁古剎
旋入諸佛耳門旋出了梵唱
撲火飛蛾歇在燈影裡
昨日的歌聲漸沉
將飛揚的髮縮成頂上的月
繫岸之舟靜靜盛滿了光輝

《中華日報》副刊，2020/03/18

一葉詩箋

清晨

從花的巡禮開始
以鋤代筆
我在大地上寫詩
整整一季
在一片荒蕪的稿紙上
努力種植芬芳的字句

櫻花人家

不要問我春天在哪兒
山居深深的夢裡
有櫻紅飄落處
就聞得到她駐足的香息

午后

紫嘯鶇尖長的叫聲
戳破了午夢
誰披著輕紗貓足而來
越過層巒
模糊了近樹修長身影
天地宛如一枚霧繭
山屋在繭中靜默
人在繭中之繭點燈

微暮

嵐雨八方圍來
裹著群峰與山屋
人在宇內遊走文字間
直至霧鎖的林外燃起一盞燈

獅山四季

無非是
身心安頓的謐寂
只為水靜
只為觀照生命深處的初心

早安

陽光與花的密語
你聽到了嗎

抉擇

盆栽大口吸飲陽光
傘靜晾昨日濕意
一早大冠鷲在天空盤旋召喚

我該優雅地撐傘去散步
或是遏止滿園恣長的草族？

山行玫瑰

誰在春日遊蕩
從這山到那山
擦肩而過的倩影
回眸　嫣然

春天的果實

無可抵擋沛然萌發的意念
化成千江水萬點綠紛紛湧出大地
歷經發芽、布葉、開花
最後只為了抵達果實的核心

桐花節

不記得是詩約我還是我約詩
只見桐花茶席早已鋪好
讓我們坐下來盡飲陽光之杯
靜看一場人間繽紛的花舞

憑欄

落日依依隱於林梢
霞雲餘暉仍盡心彩繪
絕不讓每一個黃昏雷同
獨立群峰之上
看遠方盞盞捻亮的海岸
光陰悄悄尋向黝暗的山谷而來

靜夜

羅列的燈火　閃爍著
無非喜怒哀樂的紅塵
故事不一定聽得到花開的聲音
燈亮了又熄
唯有星子靜靜地升起

恍如昨日

卻已是春夏秋冬依序擦肩而過了
試圖尋索季節的聲息
只見一片　空　靜

流言

風不知在葉子耳畔低聲說些什麼
整棵樹遂騷動了起來
於是秋天的林子開始謠言滿天飛

偽裝

龍舟葉在風裡擺
渡　一截枯枝
安靜地沉湎於蔥綠光陰
一動　關於真相
全被竹節蟲帶走了

拼圖

每一塊碎片帶著霧的溼氣
在歲月的版面　拼出此生圖樣

插花

野薑　聚飲的蝶
孤挺　聽得到我的聲音嗎
蓮蓬　荷花完成的句子
雪茄　堅持四季無缺的美麗
信手摘來的瓶花
季風裡不為什麼兀自芬芳

如鏡

緊緊握住昨日的手
我俯視自己的影子
正如時間俯視著我

初秋

欒樹悄悄擎起了鮮黃花冠
風成群穿過樹林大聲歌唱
秋天的心　一腳眷戀家園
一腳卻蠢動著想要去旅行

旅

或許只有俯瞰的雲最明白
這一路際會復擦肩而過的匆匆形影
人在旅途中
雲在旅途中
詩也在旅途中

迷櫻

季節走失了軌道
混亂中一切密碼尚未重組
天地間所有訊息接收錯置
一枝春天的櫻花夢中醒來
竟發現自己站在蕭瑟深秋裡

山茶花之路

我來之前
已被紅葉落花書寫
煙雨中靜靜閱讀
驚嘆生滅如此淋漓盡致

我走之後
飛鳥　陽光或者風

也許會駐足　翻看這一頁
美麗輕擁哀愁的最後之舞

返校

妳髮上有微霜
我眼下有細流
我們站在青春的草原
隱約風裡有吉他輕歌
我記得……我記得……
成了每句對話的開頭

楓葉詞

一掌熱情，拓印生命紅艷；
一掌希望，續寫人間青綠；
一掌悲憫，祈願災難遠離；
一掌關愛，世界共享和平。

孤挺花

她們擠倚著欄杆　傾聽
雨窸窸窣窣說著些什麼
溪流開始歌唱起來
灰白披肩輕覆山頭
微涼額際有水聲流過
帶走悅耳清亮的笑語
已是立冬時節了

假期

人潮退去之後
夜很空　足以容納海
波湧而來的呢喃

在暗夜裡
在浪尖上

有什麼消逝了
又有什麼被翻出
海的節奏依舊
人的悲喜很輕
輕如夜花的開落

《葡萄園詩刊》226、228、229期

《野薑花詩集》第23期

2015　指間抽出
新芽與鳥歌

五十肩

春天來時
我的右手開始暖和
指間抽出新芽與鳥歌
我的左手卻留在嚴冬
被蝕骨的寒氣鎖住
每一次的醒覺都是痠痛

右手回頭拉起沮喪的左手
勸它努力地爬牆
沉默的牆嵌著半百歲月的滄桑
有時左手累了
乾脆坐視自己的疼痛
以及牆外午後的天空

於是
左手肩著上半生

右手肩著下半生
我在上下左右之間擺盪

《聯合報》副刊，2015/08/14
《世界日報》副刊
《2015臺灣詩選》
南一書局收入高中輔助教材

穿過季節

吸飽了陽光
喝足了梅雨
那青芳　　那艷燦
引爆生命蓬勃的綠浪
青春酡紅的詩句

詩句嵌在雲箋上
風忙著到處展示
那柔亮　　那蔚藍
喚醒歲月蟄伏的眼睛
逡尋潛遊遠方的心

心是舟行過的水面
隨著波痕漸淡漸定
磨出一面境

清晰映現紅塵繁花盛景
在水中皆成幻影

《葡萄園詩刊》205期

巢

銜來一絲絲柔亮的線
日夜編織　此生情緣
哄甜的花朵在夢裡
葉子輕輕茁長成蔭

風雨不到的地方
啄著顆顆笑語鑲嵌
半生時光　孵出
星閃眸子和斑斕羽翅

在春暖時乘著飛花遠颺
充滿影子的窩
咀嚼字字般若
將牽掛的絲一一開解

《葡萄園詩刊》206期

桐花劫

又是一場氾濫的雪季
眼睛沿著山脊攀爬
雪花無聲飄落肩上
剎那灼痛了飛逝的時光

耳畔掠過風急促的喘息
我是追逐落日的夸父
頹然跌坐黃昏
雪　已經淹沒足踝了

想著那在雪中鑄火的詩人
如何化蝶而去
想著我掌中的雪化成了水
滴落腳印深處

彷彿聽到大地的回音
那沉眠的容顏裂開微笑

自土裡伸出花朵的手
接住了我憂傷的心

《野薑花詩集》第13期

夏至

五月雪與螢火迅速點燃季節
桐花之河眨眼間流逝無蹤
相思磨成金色顆粒灑盡之後
只有粉紅酸藤靜靜地垂釣
醒來
一山沸騰翻湧的蟬聲
人與空間不斷地不斷地膨脹
等待一支定神針來戳破
釋放的風會讓一切靜默下來

《聯合報》副刊，2015/05/25

《世界日報》副刊

蟬

前腳踏入夏
整季的歌聲便沿著鞋底向上攀爬
直至抵達波動的髮梢
回音循著心的年輪圈圈盪開

後腳就秋了
驚見樹上青春的翅影紛紛跌落
長眠於月光的懷裡
任謐靜大地藏著流轉的身世之謎

《聯合報》副刊，2015/09/22

《世界日報》副刊

星夜

坐在閃亮的星座圖之下
我在此山　遠眺
躺成一尊臥佛的彼山
山之外熾燃著萬盞燈火
燈火之外就是闃黯的大海了
而海之外呢？

那無盡層疊的深邃宇宙
一片微小如塵的葉子
聆聽著遠方傳來幽細的騷動
在風裡輕輕地搖　搖著
搖著　一夢醒來就老了
飄入天空的成了星
吹落地上的化成了塵

至於那懸在半空中
浮在紅塵之上

覆在星圖之下
只是一雙半醒半夢的眼睛

《乾坤詩刊》77期，琹川詩畫展專題

篩

彩霞被時間追成了灰燼
遠處　落下的苗火點燃人間
路過的風急急翻尋綠浪
秋天冰涼的指間
篩下的都是昨日的蟬唱

星子在少年的眼中找到夢想
於中年的路上撿拾影子
踽踽老年的幽徑追索回憶
當夜霧靜靜晃動著薄紗
篩下的只是滿階濕濡的秋露

誰自深謐的曠野蓮步走來
一把拉開厚重的夜幕
靈動的眼睛點亮大地

清晨醒來的髮間
篩下的仍是帶著微溫的紅塵

《乾坤詩刊》77期，琹川詩畫展專題

臉

眉　航行在高低波浪間的兩葦舟

眼　左邊收集星子右邊尋找玫瑰

鼻　總易於被引誘而忘了呼吸的真諦

口　在傾倒與放肆的飛沫中也可以種一池蓮

耳　最怕於兩扇門之間迷走得學會如何出與留

悠悠無盡的長河中

脫不下這張虛空的面具

卻被時間的風推著向前奔跑

《乾坤詩刊》77期・琹川詩畫展專題

草

彎下腰才能拔除傲慢
從一片綠地開始

草族　拓荒的英雄隊伍
日夜不懈地擴展生命版圖
無干人類鞋底的卑微
一莖青綠就能頂住天地

瞋恨的野火燒不盡生存的鬥志
那是緊握手裡活著的尊嚴
如此貼近土地　貼近母親
她的愛從來就毫無分別
縱使生而為草也有眷顧的露水
一張柔美的翠毯即是至誠獻禮

托住紛掉的蟬衣
聆賞夏枝上高歌激昂
承接季節的落葉

默默轉化為心靈底月光
不斷記取嚴冬的教訓
等待來春
等待再一次的新生

《野薑花詩集》第15期

旅行

巢居久了就想念飛翔
此方與彼方互換的風景裡
眼耳鼻舌身意重又甦活
一路和著新奇的節奏

而彼方與此方的風都是風
雲依舊是雲　終於明白
怎麼走都在旅途中
人在旅行　萬物在旅行

從春原走到秋野
那翻飛的金色葉子啊
是你讚嘆的風景
卻是我撤離的光陰

《聯合報》副刊，2016/01/04

《世界日報》副刊

散步

踩著薄脆的冬
滿地碎裂的葉子直喊痛
風化的紋脈色澤
引向曾經的蒼翠之旅
而今翻動綠浪的風　已索然
一路冷冷呼嘯而去

山羌在林深處沙啞地哭嚎
啊啊　驚飛了枯樹上的鴉群
躲在樹叢裡的山紅頭安閒地吹著口哨
油點草以紫色的笑靜靜凝睇
一隻蝶　渾然忘我地翩飛

平靜的湖水適於與天地對話
清澈的語言藏在一朵花心中
而綻放與凋萎都在風裡
被多事的芒花不斷地重複書寫

黃昏來臨之前
我轉身走入了佛洛斯特的小徑

《聯合報》副刊・2016/03/16

《世界日報》副刊

2016　沿著
時間的脈紋

雪後

第一縷陽光化成了千手觀音
慈悲地探視大地
那在嚴酷考驗中敗陣下來的
祂為它們覆上莊嚴的光
那在苦寒絕境中堅忍度過的
祂將微笑勳章一一掛在它們胸前

耽浴陽光中的我
野人獻曝的心情
而生長遲緩的菜蔬
如夢驚醒
積極努力地包葉結果

歷劫之後
沉睡的井被激發出滾滾湧泉

青蛙一躍
外面的天空竟然如此遼闊

《野薑花詩集》第16期

春霧

她迎來
擦肩而去　悄無聲息
如安靜流走的光陰
回首　款款裙襬風裡飄渺
春天的臉頰濡濕而微涼

穿行重重霧紗
謐寂中織滿細碎嫩綠的兒語
自千枝萬枒間探出頭來
一一展開柔軟的小掌兒
試圖抓住樹間滴溜閃動的鳥鳴

駐足霧中
聆聽那掠過髮梢在耳畔的喃喃
細如煙絲　輕如櫻夢
渾然自己也成了一片霧

隨著滿山展翅的綠越過陵谷
飛向夐遠而深亮的天光

《聯合報》副刊，2016/05/03

《世界日報》副刊

花嫁

鑼鼓敲在三月的夢裡
水流映著花影載歌載舞
新嫁娘坐在綺窗前
描畫著遠山翠黛以及嫣紅春色
忽地　門外唱起了桃夭之歌
女子緩緩起身
一襲繁花織錦便嘩啦啦地流向四季

《人間福報》副刊・2016/04/14

青楓之花

霜降後的一場壯烈祭典
秋天被燒得格外火紅
冬忙了整季掃除餘燼
裸枝瑟縮於寒風裡
緘默地等候淨化的魂甦醒

東風初起　伸出的千手
萬掌　密密交疊成蔭
護守著葉下聚繖序花
出塵的笑靨　朵朵
隱在賞楓者的視界之外

多少晨昏　葉下修果
直至某個月圓之夜
夢見鳳凰自火中飛出

低頭　望見長了翅膀的果身
從此乘著清風天涯再次飛旋

《野薑花詩集》第19期

觀螢

繞行於宇宙之內　之外
以及之外的之外之外的之外的之外
閃爍的星群密碼
不斷地被時間重組　解讀
至於真相猶藏在銀河深處

淨土遠在天邊也近在眼前
在油桐綻放的笑靨裡
輕輕灑下滿山遍野的星鑽
以回報潔淨無染的溪林
善意　守護著一片螢閃的綺麗幻境

牠們聚集在草地在林間在溪谷
執行年度的密議與任務
興奮地打著信號燈相互招呼
忽快忽慢　忽東忽西
飄閃的光不斷地尋找相契的頻率
試圖解開宇宙繁衍的密語

夜裡夢見詩全散成了字

每一個字都發著光

圍繞著她　螢閃成無數的星子

於是整夜忙碌地採字組詩

醒時卻發現

全落成了地上的露珠

《聯合報》副刊，2016/08/26

《世界日報》副刊

2018年翰林文化收入高職輔助教材

鏤空心葉

每一道齧痕
咬下的都是鮮翠的青春
陽光抹上桔醬
月兒撒些胡椒
就這樣日夜咀嚼
沿著時間的脈紋
一片鏤空殘葉
張掛著星骸夢網
一隻新生彩蝶
展翅　向燦耀曦光

領悟的心葉
所有空缺遂被祝福填滿

《人間福報》副刊，2016/08/30

如是皎潔

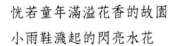

恍若母親輕哼的童謠
孩子仰望的臉龐

恍若童年滿溢花香的故園
小雨鞋濺起的閃亮水花

恍若簷上的春燕叫藍了天
炊煙熏白了灶下的髮

恍若時間凝成片片月光
長大的孩子躲回夢裡吃月光餅

《人間福報》副刊，2016/09/12

在池上稻田——懷父

風金色的指尖溯著光
輕輕地拂過時間的稻浪
天地深邃而輝煌
誰撥開光燦葉芒向我走來
我聞到那熟悉的氣息
在汗水與稻穀轟隆碾磨的歲月裡

去掉乾刺發癢的日常粗糠
再以砂輥細細磨去生活的皮層
沾滿身的米糠粉　悄悄落入您黑髮的雪
但我聽到快樂的歌唱在升降斗上
您默默地為我們捧出白胖的幸福米粒

在池上稻田與您相遇
彷彿站在時空交錯處
被喚醒的記憶一路追到椿庭故里

《人間福報》副刊，2016/10/17

印象金門

在一滴酒的剔透裡
我聞到了
整片旱地高粱的芳香
島上空氣的淨藍
我聽到了
那來自寶月神泉甘甜的涓流
和著小麥發酵時深情的唱歌

在一滴酒的濃烈裡
老兵忘我地細數當年
八二三槍林彈雨中如何冒死搶灘
震耳的砲火如何轟炸島的日與夜
在一滴酒的醇郁裡
化解了多少新兵心中鬱結的鄉愁
風獅爺站崗的夢裡擁抱一輪明月

歷史的浪頭不斷在花崗石上雕刻
時間　靜靜地洗去硝煙

當萬棵樹在島上升起
昔日風雨戰地已成了謐靜公園
至於酒的故事
正以醇澈勁烈之姿榮耀於世界版圖

《葡萄園詩刊》223期

虐

那婦人發狂的在街道尖叫嘶喊，用力去搖動每一扇門窗，從早到晚不曾稍歇。受驚嚇的島民，疲憊地豎起耳朵，聽著她持續在門外撒野，淒厲叫聲鬼魅般揪著每一個人的心。

螢幕上不斷播報她到處惹的禍，沒有人能夠阻止。到底是飽嚐了多少辛酸委屈，讓她如此不顧一切的歇斯底里，瘋狂破壞，或者她自以為是呼風喚雨的魔女；無法掌握自己命運的人，卻認為可以主宰他人的命運，她惡意的徘徊在黑夜的夢土，伺機攫取酣睡的魂。

飽受折騰的島民無計可施，網路上卻謠傳著，她是孔子請來的，她與孔子簡直是八竿子打不著，這世界——真是令人難以理解的紛亂。倒是在孔子誕辰這一天，她逐漸停息了怒吼，回頭看了一眼被自己踩躪的土地，又昂首移動發胖的身軀，一腳跨過海峽，朝另一方奔去。

之後好幾天，她的名字仍不斷的被提起，他們叫
她──梅姬。

《華文現代詩》第11期

寒露之後

季風開始煽動整座山頭
一夜林濤漫過了枕畔
直抵歲月冷涼的眉梢

醒自一床灰棉密鋪的天空
垂地的毛邊露出時間光縫
繪著遙遠的城市與海洋
呼吸之間有霧虛緲的氣息

行走　在秋日邊境
萬籟迎面呼嘯而過
被推擠的身影不由自主疾走
回首　望見安靜的妳
從容穿越季節在透明的風景裡

《人間福報》副刊・2016/10/31

晨光工地

叩　咚咚　叩叩叩　咚咚　叩
敲擊聲持續地敲在夜貓的耳膜上
伸了伸懶腰　覷著花亮的陽光
貓兒又躲入深深的酣眠裡

咚　叩叩　咚咚咚　叩叩　咚
耳膜已被錘成薄薄的金屬片了
心在醒夢之間拔河
終被此起彼落的戰鬥節奏擊醒

咚咚　叩　咚叩叩　咚咚　叩
陽光穿透鷹架上的護幕
雕鏤工人的身影　梯階上
滴下的汗珠在半空中閃爍

叩叩　咚　叩咚咚　叩叩　咚
掄起命運鐵鎚的人
在城市的版圖上建造一座座

耀眼的高樓　窗前的貓似乎聽懂
那以血汗莊嚴敲響的生命之歌

《人間福報》副刊，2016/12/12

芹壁村小駐

蹲在澳口的那隻大海龜
最熟知背後的石頭山城
關於傳說的海盜　以及
青蛙沒變王子卻成了守護神
愛喝高粱的鐵甲將軍是個戲迷
陪祀天后宮卻比媽祖還威風
村中大小事全在祂的眼底

最初來到這裡歇息的漁人
望著如鏡的海面與漁獲
遂依著山壁高低層疊建起家園
煥著美麗色澤的花崗石屋
訴說著對故鄉閩東的眷戀

壓瓦石高高站在屋頂上
彷彿才打了個盹
百年浪濤已在興衰中更迭

外遷謀生的遊子回來了
於老屋荒墟的滄桑裡重新築夢

曲折石階上起落的驚嘆
旅人遐想著地中海的浪漫
在芹壁村一隅小駐
迎面是地老天荒的寧謐
古老故事藏在老人的髮髻裡
傾圮門邊一隻貓無視來去人影
曬著暖陽在海蔚藍的懷抱半瞇著眼

註：芹壁村位於馬祖北竿，是閩東建築最具代表性的聚落。

《人間福報》副刊，2016/11/12
《海之宅：我為馬祖寫一首詩》遠景出版

北海坑道

海潮音來來回回細數著烽火歷史
講到激動處便用力地拍響岩洞

搖櫓　靜靜划過時光水道
爆炸聲斧鑿聲不斷敲擊花崗石的耳膜
記憶的埃塵覆滿了獨自倚欄的老兵
側耳尋找昔日同袍笑語
只聽得隱約嘆息輕輕吹落水面
藍眼淚升起於晃漾的水波之間

《人間福報》副刊，2017/05/17

《海之宅：我為馬祖寫一首詩》遠景出版

晨彩

山羌在林子裡嚎叫著霧藍
輕哼民初歌謠是一樹的紫牡丹
風吹來波波沁涼湖綠
耀閃金黃　密葉間興奮的鳥語
間雜寥落的蟬嘶已成古銅
露濕石階眠著落葉橘熟的夢
而大門上鄰居掛的絲瓜很鮮紅

《人間福報》副刊，2017/01/03

雪鄉

你住的國度想必早已覆滿了雪
在遙遠的傲根騰格里山
深深擁抱著你思念的故鄉
想像騰飛的翅膀在雪地上奔馳
馬的眼中依舊有藍色的天空
而你在雪之下　在草原之下
寂靜是亙古不變的聲音

我在南方的島國
日日將火苦苦錘鍊
為了煉鑄出一片最初的白
我將承接晶瑩飛落的雪花
朵朵　於空淨的心原上
朵朵　純真如你
在永恆的故鄉我們將再相見

《人間福報》副刊，2017/01/19

種蓮

如何向你訴說一路的風雨
冷冷地落在額際
我仰首承接
每一滴雨　每一道風

如何向你訴說日子的明暗
深深地切割心田
我低頭挑出
昨日的影　明日的光

只能說那年不經心種的蓮
悄悄地開花結子
舒展千瓣千手接引光露
照亮　未竟之途

《人間福報》副刊，2017/02/21

歲末素描

遠方揚起的髮絲已覆滿了星霜

積在鬢旁的落葉開始發酵

耳蝸深處迴著似有若無的歌聲

駐足楓頰該緬懷些什麼

眉宇間有碎雪輕響

氣息穿過陡峭山脊

直抵歲暮灰亮的眼睛

蕭瑟睫羽護守著珠黑種子

種子珍藏著過去或者即將的一生

《葡萄園詩刊刊》214期

2017　夜的眼底
繡出了金色流蘇

春箋

1

妳是一冊詩集
我是讀妳的春天
在最深的水影中
照見蝴蝶夢境

2

緋櫻與風的繾綣
被醒來的陽光撞見
枝頭竊聽那暖柔呢喃
最愛八卦的鳥語

3

時針分針秒針交互起落
隱在芳菲深處那纖纖素手

刺繡七彩繽紛的畫幅
夜的眼底也繡出了金色流蘇

《人間福報》副刊，2017/04/07

少婦與小孩

那笑靨芬芳於時光之杯
每一朵稚嫩的蓓蕾
都藏著一個童話世界
屬於母親與孩子的春天

終究定格於歲月的窗口
孩子展翼擁抱天空
母親凝望杯中晃漾的光波
彷彿聽見美好的話語朵朵
綻放　於昨日舞蝶的夢中

《人間福報》副刊，2017/03/07

隨風流轉

穿過荒原喚醒河流的藍
領略風溫暖地盪開
沿著圓弧的軌跡
一芽葉旋出萬叢綠
一朵花轉出千簇紅

日與夜相銜繞走在四季裡
四季層層纏繞了一生
總還在繭中
抽出的絲早已堆成了雪
線頭仍飄落在無盡的無盡虛空處

跨過雪季之後就是春天
而綿延的青草眺不到冬原
風彩著和煦的金黃

花園如是燦爛
一隻貓自顧自的追著尾巴轉

《人間福報》副刊，2017/04/28

瓶花

紫花霍香薊是貧瘠土地裡寫出的浪漫傳奇
咸豐著金衣雪裙最愛到處展演鬼針復仇劇
清明草捧著黃色小蕊束讓雨揮灑成詩
火炭母純潔的白米花點亮了記憶中的童謠
灑些短角冷水麻誘人的紅則是即興散文
擅長鋪陳小說情節是那艷麗的臺灣野牡丹
至於野草最能拉出優美的旋律線條
此時　紋青的瓶身
早已裝滿了山泉和風的呢喃
而我該站成一朵山茶吟唱浣溪沙
或是流連於花間集裡翩飛的蝶

《葡萄園詩刊》215期

白杜鵑

對話幽藍穹蒼
靜靜錘鑄雪的字句
風來催發
皎素的容顏
散溢著月光體香

那藏入花朵裡的夜色
於亮瓣之間交疊成影
屬餘燼的灰　輕覆光陰
有一種氣息正被挑醒
將昔日的血煉成冰晶的光
今宵的白　燃成火的意象

當風起時
瓣瓣為階　直抵詩的星宇

《葡萄園詩刊》219期

螢

悄悄穿梭於童年草叢
盞盞的燈　飄閃
掠過花瓣微笑的唇
親吻樹間小桃子的夢
追逐鑽入暗林裡探險的風

有一種馨香如茉莉如歌謠
輕輕撲來　歲月微浪
記憶的湖水開始漲潮
五月濡溼氣息裡　溫柔飛來
滿腹發亮故事的小精靈
不覺伸出雙手圈住
那微光　照亮幽隱的掌紋

《葡萄園詩刊》216期

蟬歌

急急拉動時間之弦
夏日最激昂的顫音
遠遠追趕著落霞與飛雲

回聲　轉動樹的唱盤
沿著輪紋年年旋出的歌聲
化成綠葉間展翅的風
醒了一朵曇花又夢
在流轉的節奏牽引
整個世界只剩下發光的腹音

《文學台灣》105期

南寧之詩

倏地噴射機低低掠過夢土
以弧線之姿輕擦眉睫又飛起
這豪壯呼嘯聲是南寧的鬧鐘

打開窗　迎面熱情陽光
捧來牆外翠柏優美的剪影
在天空初醒的胸前畫了個十字
被教堂聖歌占領的星期日
盛放潔白與金黃是咸豐草的禮讚

我在光亮的屋子裡安靜地遊走
壁上的攝影書架中的眾冊很臺南
寧謐氛圍引我駐足於時間的門口
推開是一條通往故鄉的熟悉小路
原來根生的家園不曾遠離
原來拂淨滿身囂塵就會看見溫暖的燈

發現詩　在尋常巷弄恬淡生活裡
在清新蔓藤爬上文學家的額頭
在靜下來與自己與生命對話的時刻

註：南寧為位於臺南市南寧街的南寧文學家。

《中華日報》副刊，2017/06/22

亞馬遜百合

雪白的笑靨裡
布滿熱帶雨林的氣息
每一瓣心事都很月光
夜裡靜靜地展開　呢喃

憶起密斯米雪山的小溪
敲著熱情節奏的南美風
在這島嶼山村一隅
隱約聽到來自星河間的呼喚

《人間福報》副刊，2017/06/05

石壁之詩

沿著壁石的紋路回溯
於潺潺水聲裡細數光陰
想著微塵未起的洪荒
百千俱胝劫前的容顏

彷彿聽到雪融後第一滴春泉
循著麋鹿蹄痕　喚醒
第一莖柔綠　第一朵新花
那開天闢地的一抹微笑

《聯合報》副刊・2017/07/04

獅山初夏

相思把陽光磨成了顆粒
綻放的雪逐漸匯流成河
誰坐在深深淺淺的綠中
披著粉紅嫁紗默默等侯

時間靜成了一種鳥鳴
黃梅垂掛於五月枝頭
風　攀住大冠鷲的雙翼
翻閱季節彩繪的長卷畫幅

《人間福報》副刊・2017/07/13

楓葉

陽光與霜風轉動調色盤
日與夜轉動四季的輪軸
從萌發至飄零有多遠
枝頭到地上的距離

隨著溫度不斷迴旋的色調
掌中以為握住了繽紛
原來卻只是風的顏彩
如是真實卻又如此虛無

《人間福報》副刊，2017/08/21

曇花

蟬兒歇在高枝
塵埃靜落夢土
夜覆蓋了山巒與大地
卻掩不住細碎的咕唧

一襲皎皎羅衣
漫步於夢起伏的浪尖
絕世而立　月下那美人
以皚皚清光在瓣瓣羽箋上
寫下風無眠的耳語

《人間福報》副刊，2017/09/20

無辜

媽咪是蜜糖
是微笑的花朵
是廚房飄來的香氣

請別生氣呀　媽咪
您買的心愛小鍋子
我以為是我的新玩具

《人間福報》副刊，2017/10/10

歸

漂流多久了
雲回眸嫣然一笑
沉默的山依舊　目送
最後一封雁書散落
蒼鬱的心迴盪著
寒蟬沙啞的呼喚

山外燈火紛紛掌起
等待疲憊的遊子
捻亮林間小屋
眺望雲上那慈愛的眼神

《人間福報》副刊，2017/11/01

百合時光

小舟划過春綠之河
日光俯下身
在綻放的花瓣上低語

穿過紛飛四季
那飄泊的一縷芬芳
仍壓在星亮的扉頁上

彼岸　日光如是煦燦
純真的花朵在故園盛開
而此岸　擁著月色冰清
傾聽枯枝上的寒梅花訊

《人間福報》副刊，2018/01/08

我想念我自己

記取阿勃勒花下的青衫
星空與夜鶯的歌唱
記取玫瑰芳瓣上的抒情
執子之手寫下偕老承諾
記取春天恣長的嫩綠芽語
逐日被陽光拉長為臨風樹影
記取舌間的苦瓜如何回甘
途中雨的幽亮以及燦放的嫣然

歲月的海浪深情地擁吻沙灘
卻攔不住隨流撤離的足跡
當記憶的額葉
一片片被寒風唧走
赤裸枯枝深陷於空茫雪地
想念這曾經的一切

但親愛的
我已遺忘了自己是誰

《人間福報》副刊，2018/02/14

時空逆旅

駝鈴掛在時間的瘦馬上
穿越人間綺麗風光
只見所有河流不斷地奔回
奔回那最初的曠野
倚著亙古寂靜
汲取一瓢水的清澈
照見　重重繽紛夢影

《人間福報》副刊，2017/06/26

時間

那匹脫韁野馬
失控地奔向黃昏的天空
世界頓時潛入葉脈細流處
只聽得輪子轉動的節奏
蹄痕仍殘留著沿途花香
以及蝶翼上翻閃的一抹光芒
而越來越瘦的馬最後縱身一躍
與掉落的金輪同時被大海接住

夜在一顆種子的囈語中
搖籃曲穿過層巒起伏的浪尖
已沉入深深眠夢的星子
又在嬰兒的眼底醒來
轉動晨光小白馬與鮮嫩的草原

《聯合報》副刊，2017/07/06

《世界日報》副刊

秋日乘涼

琴音低緩流入水波蕩漾
秋蟬昂揚嘶叫於密葉林間
經緯音線交織成席
被風輕輕地托起
彷彿再高一點鼻尖就碰到了雲
那被陽光烘得暖香的被
曾經讓童年撕扯成甜甜的棉花糖
或是年少偷偷藏在鞋底的一個夢

斜躺在時間的魔毯任意上下穿飛
愛麗絲藍穹被紛然掠過的翅影擦亮
髮與風廝磨出蜜也似的金色果實
倏地　撞上了一棵樹
睜眼時已被爭相伸出的紅掌綠掌接住

《聯合報》副刊，2017/10/29

《世界日報》副刊

蹺蹺板

一掌秋風　一輪明月
堆疊霜紅　凝聚鄉愁
左左右右將傾向哪邊

一腔熱情　一朵笑靨
逐漸沸騰　盈盈綻放
前前後後終落於何方

多少光陰　幾許思慕
悠忽一夢　深淺刻紋
上上下下到底哪個重

《野薑花詩集》20期

東風草

葉子紛紛道別
整座森林蕭瑟著一張臉
長亭外古道邊誰拉著風弦
唯有散去的雲唱和著

忽地　串串笑聲來自山坡
一群孩童從灌木叢探出了頭
大大的毛帽幾乎蓋住小臉兒
繡著鵝黃紫紅的帽簷下傳出
清亮稚嫩的郊遊之歌
不畏霜寒的歡樂進行曲

遊走在季節末端的娃兒們
許是上天派來的信使
如一陣東風吹在嚴冬的胸膛

荒蕪的心野開始有了想望
默默醞釀色彩構圖下一個春天

《葡萄園詩刊》217期

鳥公寓

二樓的相思鳥胸口著了火
從早到晚自言自語魂不守舍
隔壁的鸚鵡們愛聊八卦
尖銳聲音在每一扇玻璃間拉鋸
太陽鳥住樓下倒是很淡定
一副哲學家模樣冷眼旁觀
個頭最大的鴿子縮著身
以頹廢的灰影背對整個世界
至於三樓的文鳥話不多
但興起時也會哼個三兩句
對面金絲雀常在午后引吭高歌
得意地炫耀牠的九轉花腔絕活

住在鳥公寓裡的他
捻熄最後的菸蒂與睡意
施施走進晨光裡
他看到自己的影子
振翅飛成電線桿上的麻雀

盡情傾倒心中塞爆的話語
飛上飛下自由彈寫城市五線譜
歇時　俯視來去匆匆的喧鬧人間

《中國時報》人間詩選，2018/02/06

北越掠影

下龍灣

群山靜靜地移動
自四周向我圍來

以為動的其實不動
不動的都在動
光影下的海
　　海上的船
　　　　船上的人

寧平古廟

自十世紀走來
古樸木構色香裡
只聞
時間輕巧的吐息

啞了鐘聲的寺前
那隻蹲了千年的石獅
靜靜等候春來喚醒枝頭

陸龍灣

千年前浮出海面的龍
千年後被困在陸地上
只能擁抱三谷湖
憶想著關於水的前世

小舟溯溪安靜地引路
喀斯特山群列隊相迎
碧幽幽的兩岸是桃花源嗎
雙槳完全臣服於船夫的腳掌
穿入山底狹縫撞見溶洞爭奇

神遊於一卷長長的畫幅中
或許陸龍也怡然今生的風光吧

《中華日報》副刊，2021/05/11

2018　輕輕摺疊
滿園的芬芳

跨年月

世界頓時以慢動作
數著沙漏裡最後幾粒沙
歡呼與煙火終於在期待的眼中點燃
祝福貼圖塞爆虛擬的網路
雜沓的步伐癱瘓了各線運輸
手機大軍正忙碌地執行傳務
人間一簇簇競奇爭艷的煙火演出

那輪明月　獨自跨過子夜
黝藍天空掬著澄澈光輝
凝睇逐漸謝落的煙塵聲息
皎潔的話語　漫天翩翔
卻總飛不進沉眠的夢域
重又倒回的沙漏
誰都止不住如水的流速
或者　如沙的輪迴……

《葡萄園詩刊》218期

夢裡桃花源

尋著武陵人的足跡
虎空山沒有虎嘯的盜匪
巖內坐鎮了三百多年的觀音
隔著裊裊香煙　望見
那慈藹的一抹微笑
飄蓬的行旅遂安然落地生根
在倚山傍水菩薩庇佑的桃花源

歲月無爭只是沿著山坡蔓延
那高低櫛比的磚瓦房
左鄰右舍熱絡的談笑聲
呼朋引伴上下奔跑的童年
追逐著天空中的白駒幻雲

終究　夢裡漸次沉寂
兒時的球獨自沿階梯彈跳而下
歇止在一棵無言的桃樹旁

註：訪寶藏嚴居民李清雄先生後記

《華文現代詩》第17期

緬梔紀事

海峽那邊是父母的鄉愁
他只是船舷波浪中
被潑溼的一株小幼苗
來不及扎根便成為異域

艱苦茁長的風風雨雨
忘記或不提都在潛意識葉脈裡
成了斷續無法寫成的一頁史記

幾度遷徙終於又回到觀音寶地
將帶回的巢繫在青綠肩上
根的觸鬚深深地抓土固柢

幼鳥們於密葉間吱喳地歌唱
日與夜在額前雕刻光陰

直至飛鳥隨風遷離
他依舊站成家門前的一棵緬梔

註：訪寶藏巖居民徐忠先生後記

《大海洋詩雜誌》92期

春煦

誰以纖纖柔指
敲醒了冬眠之河
金色琴音散入風中
絲絲縷縷拉長了柳綠
關關嚶嚶引出了鳥鳴

誰在輕歌曼舞
旋展美麗的花裙
轉動手腕上的鈴鐺
萬紫千紅踩著圓舞曲
杯中盛滿了祝福的光語

《人間福報》副刊，2018/04/02

油菊花夢

陽光刺繡的花朵
搖曳在荒寒的季風裡
清麗容顏閃動無畏的眼神
母親總把花兒種在胸口

遍布於島上的油菊啊
母親呼喚著孩子
聲音在輾轉的枕頭裡
曬乾的花香隱約撲來
如浪　將童年的舟推向故鄉
母親的花朵盛放成一片金燦
遊子遂於和煦的微笑中安恬入夢

註：觀馬祖畫家曹松清畫作有感

《人間福報》副刊，2018/05/14

S.C. Tsao 2017.

蓮說

別問我從哪裡來
回首　只見雲起雲落
終將歸返於湖河
諦聽　梵音潺潺悠揚

應問我將往何方
循著那一縷縷金光
前行　微塵漸息
直至日之初
漫天花雨自無著處

《人間福報》副刊，2018/08/08

重逢

飛鳥不斷地銜走落日
天心轉出朗朗澄輝
有一種寬愛泛著琉璃澤采

於波紋間細細書寫光陰
疲憊的旅人不覺走進了黑夜
想念　最初皎潔的容顏

恍如月光的孩子
恆以仰望之姿
照見　久違清亮的眼神

《人間福報》副刊，2018/10/08

花落的聲音

不再與永恆拔河
等太陽點完名化身藕神
無岸之河的魔歌笛引
昨日之蛇已然飛升成仙
所有的星子都在招手

於是一個轉身躍下
謐靜大地發出渾厚的低音DO
濺起滴滴瑩透夜露
閃映深亮的眼神
捲起萬千旖旎風華
句點了曾經盛放的一生

微震　諦聽
那自地心傳回的音

彷彿歷經千劫卻只是轉瞬
轉瞬為彈向天際的一月高音

《中國時報》人間詩選，2018/05/15

戀戀故園

紫茉莉花下玩沙的孩子哪兒去了
空蕩院落只剩一支踢罐靜默於黃昏
母親日常的調味與燈光一起捻亮
穿越時空恆久撫慰著孩子記憶的窗口
那陀螺般未曾停歇的身影
粗糙雙手溫柔地護守稚嫩的花朵
而籬下送別的眼神盛滿煦暖的暉光
與風中揚起的衣髮被思念框成了一幅畫

苔深草長藤蔓爬上的晾衣架
搖曳著一方印花手帕　陽光烈烈
我瞇起眼看風穿過昔日綺麗花徑
彷彿聽到縫紉機達達走過的聲音
那是勞動之外母親最鍾情的時刻
總被指派代試新裝的我輕盈如蝶
於專注的審視下左右旋舞
每一件衣裳都具體了母親心中的美學
也典藏著母女如斯斑斕的定格韶光

歸返的漂鳥終又將展翅
輕輕摺疊滿園的芬芳藏入胸口
至於母親在與不在我都聞得到那馨香

《聯合報》副刊，2018/08/01

《世界日報》副刊

老花

那是歲月飄來的霧
那是淹至眼前的水影

不慣戴眼鏡的我
只好將文字推遠
卻推開了一扇時光之窗
我看到窗內閱讀的父親
那姿勢　一如此刻的我

早已棄守於小黑蟻的標示說明
至於能否看得清這人間
霜落的季節　崇尚難得糊塗
倒是發現沉靜的心眼
不僅能看得清也看得更遠了

《中國時報》人間詩選，2018/08/28

某日讀報

翻開今天頭版
是南半球遲遲等不到冬雨的澳洲
逐漸龜裂成一張美麗又絕望的臉龐
一群綿羊靜靜徘徊於乾涸水源
袋鼠不斷在搶糧和子彈之間跳躍
曾經綠草如茵的維多利亞省
四季來回兩趟就走成了光禿的荒野
美好的時光已過去
那在風中搖曳的金色小麥
被不斷蔓延的乾癌所吞食

熱浪一路席捲全球
點燃雅典的不是聖火而是森林大火
從美國加州到瑞典北極圈　蔚藍地中海
高溫是到處搜索獵物的赤色死神
英格蘭的萵苣翡翠不起來
巴西阿拉比卡咖啡的花期遇旱
阿爾卑斯山區的牧地吐不出綠草

咀嚼冬藏乾糧的乳牛依靠鐵鳥運來飲水
高溫變形是德國機場五十年歷史的跑道
倫敦大橋沒垮下來倒是柏油路先融化了……

腦海電影般閃映一幕幕驚悚畫面
專家說下半世紀熱浪會是夏季常態
碳含量持續升高將使赤道淪為生態死亡區
而食物源減少勢將引發人類另一場激烈爭戰

我停在半空中的手竟翻不動薄薄的對開紙張
起身扶住直直下落的一顆心
迎著晨光緩緩地一呼一吸試著高舉擺平

玫瑰　蟬

誰把青衫掛在梧桐枝上
離去的身影消失於一片蟬聲中
點燃生命的火焰只為了那一朵玫瑰

而醞釀的深情何其悠久啊
佇立高處的呼喚又何其匆匆
總是無法等到下一次的月圓

薄亮羽翼在起風的夜裡獨舞
飄墜的音符拂過玫瑰未醒的紅頰
直至　冷卻的灰燼覆滿了落葉

只見月光躡足而來收走了青衫
連同那一朵猶在夢中的玫瑰

《葡萄園詩刊》221期

臺灣梵尼蘭

為了更接近星星與雲朵
在每個腳印裡努力扎根
一步一葉節節向上攀登
山鷓鴣總愛在樹下熱情加油
藍鵲曳著美麗長裙前來探訪
森林裡也傳出山羌沙啞的問候
而妳安靜地貼耳傾聽年輪旋律
將自己寫成一行翹首天空的詩句

身世屬書香世家　蘭的族譜
卻從來就不是鎂光燈下的焦點
既無繽紛花裙也拙於騷首弄姿
只安於這一身隱於林間的素衣
任漫遊的晨霧如浪輕撲
喚起世世蟄伏心底的音符
遂啟朱唇　妙音中有仙樂飄揚
初醒的森林又進入了另一個夢境
直至日上梢頭　歌聲戛然消隱

妳將暗結的寶貝藏入豆莢

仍被發掘一躍成為香料之后

母以子為貴的香莢蘭

曾是皇室獨享的珍品黑金

充滿魔力的神奇香氣

讓孩子貪戀手中的巧克力與冰淇淋

午茶時光甜點及咖啡的迷人芳郁

連聖人也忍不住變饞鬼了

皆因為食物裡有妳的蹤影

妳是散播幸福種子的花之精靈

《花蜜釀的詩　百花詩集：臺灣原生篇》
遠景出版，2018/06/25

雲棲燕子湖

不問水來自南方或北域
相遇龜山攜手為新店溪
廣興橋影猶夢著古樸前身
穿飛燕群銜起林間水湄詩句
交給翡翠堰堤去譜曲唱吟

四處飄走的雲竟眷戀起湖畔
流連沉思　俯瞰本來面目
不覺融入於漫起的水煙
當世界安靜下來
聲音反而甦醒
紛紛以自己獨特的語言
布滿空間甚而穿越時間
鳥翅撥動陽光的七弦
夏日蟬唱的力度
落葉與風的繾綣
沙沙翻閱青春的眼神
遠了的

都掛成了星　飛成了霧
近了是這水聲日漸清淨的回音

《詩說新北》遠景出版，2018/12/30

2018　輕輕摺疊滿園的芬芳　175

尋找作者

懸在風裡

絲瓜葉上的秋

以光影精巧鏤刻圖案

掛在天地頸項上

如此絕倫雕工

到底是誰的傑作

雲沉默地行過

寒蟬急著邊叫邊搖頭

發現的眼睛四處尋索

穿過幽亮的天光

只看到歲月的一抹微笑

《華文現代詩》第20期

葛藤

終於攀爬上樹巔
舉目四眺尋找黃鳥飛翔的蹤跡
漫漫時光從周朝一路蔓延而來
彷彿聽到那女子愉悅的歌聲
刈之濩之製我為布為衣
好整裝以歸寧故里

島嶼南方
百步蛇圖騰的族群
祭司正點燃小米梗招喚祖靈
我是祝福的藤球
在爭相刺過來的竹竿中
在排灣族五年祭的人神盟約上

高處仰望天空
任串串紫紅蝶花依序展翅
風來織我落瓣成時光花毯
靜靜鋪在山徑上　　等妳

霧中走來　在寒蟬遠去之際
看妳眼中湧動著光的旖旎

《中華日報》副刊‧2019/01/01

2019　夏日
那一抹粉紅

春日迷走

　　大地慢慢攤開了掌心
　　春便在林間深處甦醒
　　甦醒的顏彩靜靜地爆開
　　爆開一簇簇的煙火
　　一聲聲的鳥唱
　　繞著　一座座的巉巖
　　沿著掌紋的流域
　　向左向右　向前向後
　　追尋著童年的蝶影
　　一轉身又見呼喚的母親
　　閃過的裙襬百花綻放
　　青春眼眸漾著清澈泉流
　　隨著四布的水聲嚶嚶歌吟
　　在時間的迷宮裡遊走
　　是一種耽溺　忘了尋找出口

《人間福報》副刊‧2019/05/01

瓶荷

靜立一隅
氤氳天地的盎然清氣
這充滿水聲之瓶
流漾著天光雲影
以及湖面上沉思的詩偈

擎起片片華年翠綠
綻放的金色花朵
有朝陽來訪的殷殷叮嚀
有月光留下的馨暖歌聲
還有　日日的一瓣心香

《人間福報》副刊・2019/02/18

清晨時刻

自黑夜的睫縫間

醒來　那光捻亮大地

將每日最初的糧烤成麥黃

撒些鳥聲切絲的瓜綠

如果天晴　就鋪上乳白的能量啟思

如果天陰　就增添一顆微笑的太陽

若是雨天　加片亮麗的茄紅彩霞吧

京水菜　紅甜菜　小松菜　芝麻菜

紛紛與沙拉・步來蔓越莓相拌起舞

天地夾起飽滿的鮮脆美味

就換成西班牙進行曲了

　　　　　　　　　《中國時報》人間詩選，2019/05/27

霧中鳥聲

天地邊陲悄悄圍攏過來的
是月白的夢　還是百合的霧

被紫嘯鶇細長的聲音剪開
夢　瞬即泡影破滅
霧卻層層疊疊剪了又合
人與萬物全裹在繭中
藍鵲群聚密林深處聒噪地商議
油桐樹上的紅嘴黑鵯急急呼叫著
白耳畫眉卻好整以暇地吹著口哨
清亮的童音於櫻木新葉間跳躍著
倏地群飛而上是掠過霧襟的綠繡眼

分針秒針走著走著也霧了
各種鳥聲從不知處擲來或唱和

一朵孤挺花醒來　開啟的喇叭
收集鳥鳴　也收集霧的靜默

《中國時報》人間詩選，2019/07/11

夏日那一抹粉紅

蟬聲落入
野牡丹淺淺的笑靨裡
有一種微醺盪開
沿著急切的聲線
激昂是一隻蟬
恬淡是一朵花

落入蟬聲
那淺淺笑靨的野牡丹
湖心的漣漪漸息
俯聽沙漏之跫音
一朵花的曾經
一隻蟬的戀情

《聯合報》副刊，2019/07/19

《世界日報》副刊

握不住那月

誰輕輕轉動夜
把玩著手中明珠
倒出了那些年的簫聲
鑲著彩絲亮片的童年
盈盈地香著　剝開的柚子
也發著光　思念轉動指尖

誰能停止夜的轉動
試圖握住那月　雙手
緊緊拉絆分秒飛快的腳步
卻見昨日的黛綠紛紛自指間流逝
終究掉落　滿掌的風
沿著生命線喚醒醉紅的影子

《葡萄園詩刊》224期

楓之旅

彼時　月光出沒雲間
一隻鼯鼠展開飛膜倏地滑過屋頂
如一張攤開的手帕隱入夜色

樹上爭相伸出凍紅的手接住
隱約有風的騷動　窸窣低語
叮嚀的母親與依戀的孩子
絲絲縷縷密密縫入心底
而揮別的手勢各色各樣　紛紛
選擇自己的旋律與風相擁而去

掠過耳際是那蕭蕭班馬長鳴
他們說漫長漂泊是必然的
旅程　醒來原也只是瞬間夢影
閃映朝露濡濕了頰紅

此時
掃了老半天落葉的人

望著繽紛散疊的斑斕
闔起的書頁飄出最後的輕嘆
就由著它們去彩繪大地吧

《聯合報》副刊・2019/10/20

《世界日報》副刊

一棵樹的歷史——向吳沙致敬

蔚藍的風沿著蘭陽金黃的稻浪
一路溯回墾荒歲月的樹頭根系

只因石榴鎮上那雙遠眺的眼睛
遂攜眷飄洋渡台落腳於三貂嶺
只因如海胸襟廣納漳泉依流移民
米一斗斧一柄伐木抽藤自足自給

只因夢裡那一片肥沃荒蕪的平原
披荊斬棘率眾開闢榛蠻的蛤仔難
只因仁心處方治癒番族天花疫疾
泯番漢爭鬥以神人尊之報恩獻地

於是一片片阡陌良田成形
於是一座座安居村落築起
從三貂嶺烏石港頭圍二圍三圍……
共享成果的是汗滴禾土的開蘭兄弟

二百多年後　我來到了吳沙故居
看一棵樹的族譜如何地開枝散葉

《中華日報》副刊，2019/11/17
《浮詩繪》蘭陽吳沙文學集，2019/11/30
《蘭陽風華‧詩壯旅》，2020/12

楮實子

一粒漿果
熟成一顆太陽一個宇宙
被禽鳥松鼠蜂蝶分食之後
四散的種子又長成一棵樹一片林
結出無量的大千世界

打開一粒芥子
你看到一座須彌山了嗎
詩人說：一隻螢火蟲
將世界從黑海裡撈起
而一顆果子聚合大千無以言喻的因
在我掌中　發光或者不發光

註：楮實子，為構樹（俗稱鹿仔樹）的果實。

《人間福報》副刊，2019/11/01

大弦月城之花

一

應有座古城與絕世佳人
於大漠邊域狼煙裡
鋪寫出動人心魂的歷史

原來　只是串串水滴
以飽滿多汁的青春
開出朵朵皎潔夢花
歌詠韶光的清新詩句

二

俯首的雪絲不言滄桑
拋物線是一種領悟
如拍岸的浪終將退回大海
如登高之後往下的歸途

讓我　再次回眸
此後散入風裡高低躚飛
曲線下是漂泊的生生世世

註：大弦月城，屬菊科，多肉觀賞蔓生植物，花色白形小，頭
　　狀花序。

《中華日報》副刊，2019/12/28

綠之鈴

踏響一路清亮的歌聲
纏繞纖巧多夢的足踝
越過少年維特的草地
觸覺濡溼而馨鬱
尋向那一簾翡翠的幽夢

芳華上滾動的珠露
絢麗光影流漾
顆顆飽滿的音
和著心的鼓點
譜出迷人的荳蔻交響曲

《葡萄園詩刊》225期

已讀

之後　是漫天覆地的沉默
所有的話語如落葉飄零
拾起或放下已然無異

你來電說終究是枯木了
將隨秋風遠去
在歷經艱苦的搶救
夜幕還是籠罩下來

想起初春時約在舊院咖啡座
陽光閃爍於你疲憊的臉上
話語裡還有往昔歲月的溫度
入秋後　惦念著要與你再約
那一杯咖啡卻被命運強行端走

「就這樣……」你決然掛了電話
如此簡短像是一種道別的姿勢
此時白鹿剛過　我來不及說什麼

想必那些安慰的話語徒然如霧
已抵擋不了四方的蕭瑟
當風起時滿山都是揮手的聲音
你深望人間一眼　已讀
卻再也不回

註：2019年8月30日清晨，接到詩人女兒傳來羊子喬病逝訊
　　息，有所感而寫。

《中國時報》人間副刊，2020/12/16

漫步布拉格

想穿上長裙優雅地走過查理大橋
走過聖維特大教堂的輝煌歷史
舊城廣場聖誕市集拉開了歡樂序曲
遊街的馬車早已備好
提恩教堂的哥德尖塔高高刺向雲端
駐足市政廳前　仰首等待
天文鐘上那兩扇整點開啟的小窗
數著現身的聖保羅與耶穌十二門徒
時光倒轉入中世紀的大街小巷

橋下悠悠晃漾的伏爾塔瓦河
依稀迴盪著史麥塔納的交響詩
遇見踽踽獨行眼神深鬱的卡夫卡
這裡是生命的搖籃與靈感　他說
儘管人群擁擠但人皆沉默及孤獨
愛是通向一切高度和深度之物
迎著波西米亞風的我
終於穿著長裙優雅地走過布拉格

清晨微雪

昨夜　或許月光來過
留下了的銀白披風
我們是一行腳印

漫天飄舞輕如柳絮
更如微細夢痕
點點是詩無聲的氣息
彷彿在半空中就要消失了
羽毛因此羞於自己的笨重
雀躍的心卻隨雪花飛旋
在捷克瑪莉安斯基
關於旅途中的第一場雪

《秋水詩刊》188期

暮臨庫倫諾夫

冬天的庫倫諾夫恬靜而優雅
伏爾塔瓦河依舊深情地環繞
午后四點薄暮將臨
仰望闃謐的城牆與斗篷橋
從哥德到文藝復興再到巴洛克式
城堡風格即是一部庫倫諾夫家族史
爬上高高的彩繪塔俯視這一切
當年一扇紅門隔出了貴族與庶民

外頭掌燈的石道照亮旅人足跡
兀自陶醉於歌聲裡的街頭藝人
市集上旋轉木馬轉動的不只是馬
我聽到時代奔跑的跫音
在寂靜打光的巷子玩影子遊戲
我們終於走進一家洞穴餐廳
忙碌的伙計烤爐上滋滋赤燒的火
一隅木桌上紅燭台燃亮悠古氣息
人聲頓隱　時間煥著簡樸清修的光澤

以高低不平的草地為名
庫倫諾夫　美麗的南方童話小鎮
母親之河緊緊地將它擁抱
波西米亞的月光輕輕地搖蕩
而我悄悄地走過怕吵醒了誰的夢

《秋水詩刊》188期

2020　只是轉瞬間

春日插花

金亮鑽子靜靜鑿開冰雪大地
汩汩流出的是捱過冬天的歌聲
濛濛綠野正祕密醞釀一場盛會
卻被忍不住的鳥唱給傳開了

東籬摘下最後一朵孤挺
西牆新剪幾枝緋紅山櫻
南園日本鳶尾清雅如霧
北坡拾取木藤歲月烙痕

我站在天地之間
綠繡眼漫天飛起之際
那笑盈盈的春天已然成形

《人間福報》副刊・2020/02/11

只是轉瞬間

時間的鐵鎚打造出
各式各樣的金幣銅幣
耀眼地晾掛在枝頭
來去無影的風
乘其不備　悄悄
將它一枚一枚地收回

《聯合報》副刊，2020/05/07

《世界日報》副刊

在北海岸

孩子般凝望著
環繞母親美麗寬廣的裙邊
風裡的歌聲起伏
偎在溫暖的胸前傾聽
每一道旋開的亮白浪花
迴盪著童年的笑鬧與逐鬧

白天追著黑夜
黑夜追著陰晴圓缺
幻化的眼眸變換的衣色
星月隱匿　露台上
看一襲黑絨自天涯散開
不斷被翻起是濃墨下的啟白
一圈圈沿著唱盤的刻痕
沙啞地唱著　永無止息

整夜泅泳在無眠的旋律裡
直至神臨般那一束光穿透烏雲

一轉身已換上絲緞的湛藍
而眼眸　依舊深邃神祕如貓

《中國時報》人間詩選，2020/05/07

與春天拔河

鳥聲拉長了草尖
雙手努力地拔平
風驅逐了陽光
蝴蝶又將它銜來
粉艷的櫻花在左
初雪的油桐在右
一來一往的較勁
那被時光之河帶走的花朵
詩拋出了長長的釣線拉回

《聯合報》副刊，2020/05/13

《世界日報》副刊

春讀

春日坐在楓木下
聽風輕輕朗誦雲朵之詩
陽光從背後溫柔地擁抱
鳥兒三三兩兩於林間品評

我俯身在自己的影子裡
閱讀的文字全飛上枝頭
一點一撇一捺抒情的綠芽
是樹在藍箋上書寫的新頁

《世界日報》，2020/05/08

吃花賊

悄悄一口咬下
爆出鮮脆聲響
伴隨淡紫香氣
咀嚼出蘭屬雅細的口感

彷彿打開春日的酒甕
陣陣撲鼻醇香中
釀著青春飽滿的蜜桃
加上層層甜美笑靨
陽光封蓋上是雲朵寫意的身影

渾然不察　那嚙食聲
日日夜夜不停地咬著耳瓣
沿著花朵的歲月一路嚼來
青絲頓時成雪才恍然驚覺

飽餐的吃花賊滿足地打了個嗝
不覺瞇起眼進入長長的睡眠

捲起匆匆寫就的四季冊葉

時間　是否也能羽化

為如夢的一生打上蝴蝶作結

《文訊雜誌》421期

外澳日出

在太平洋裡潛泳了一夜
微曦中終於起身
紅著臉微喘地來到我窗前
紛落的水珠猶帶著昨日鹹味

火焰般眼神點燃擱淺的初眠
夜貓的瞳孔閃映海水碧藍
於是黎明中起身　追隨你
看浪上飛舞的一行行雪亮字句
尋索沙灘上被銜走的那枚紫貝

終究　你一躍而上
揮別的身影熾烈的眸光
回首　奔向天空
留下足踝邊喃喃的沙語低迴
以及蹲在不遠處那隻靜默的龜

《中華日報》副刊・2020/05/27

羽化

展開薄翼是序曲抑或終章
蟄居黑暗中歷經一次次痛苦蛻變
只為了堅硬軀殼面對未來
地底歲月一貫靜寂恍如長眠
時間悄悄悄悄走過
三年、五年甚至十七年
被命定的旅程推著往前行

鈴…鈴鈴……上帝的鬧鐘醒了
惺忪的鑽出暗土　爬上樹幹
迎接生命中最後一次的蛻殼
以頭奮力頂開背脊
後仰　微光中使勁地推出自己
復又攀住前身靜待調息

那泛著光彩薄透的蟬翼
拍動新生的歡愉
飛上枝頭盡情地謳歌吧

有如衝破黑夜的朝雲
或者暮落前的彩霞
在璀璨而短暫的時光裡
唧唧急急尋求相契伴侶
圓滿　知了此生

《大海洋詩雜誌》102期

旅途

之一

金陽在鐵道上錘打出光花
醒來的列車蠢蠢欲動
沿著盛夏的軌跡穿過銀杏林
窗櫺外覤睚問候是穗花棋盤腳
夜裡點燃的寧靜煙火迷離燦麗
夢域回眸的淺笑不斷綻放
卻在清晨眼底——轉身飄墜
大地愛憐的擎起滿地紅顏香息
祭獻韶華　在群鳥的歡欣歌頌裡

之二

終於自縱谷奔到了岸邊
金色稻田拉著蔚藍海洋
靜靜地相互凝眸
任浪花在遠處翻湧起落

天地大美佇在心尖
至於無常
就交給風與雲去演繹吧
我將寬闊的大海納入胸懷

《人間福報》，2020/08/14

在群樹的懷抱裡

群樹紛紛伸出枝椏穿過門窗
輕輕將我從晃漾的水影中撈起
濕涼地躺在一片碧波之上
指尖不自覺打著拍子　和著
節奏獨特而繁複的共鳴腹音
岩崎寒蟬已經爬上秋天的肩頭了

那從春天出發的光亮葉子
一路收集薄荷藍的星閃與花香
在夏季昏倦的搖籃曲裡
靜靜翻尋黛綠葉間深藏的囈語
有如隱身林中的五色鳥
斑斕的羽色只在夢裡閃耀
叩叩叩地敲著木魚是牠素樸的歌

誰窸窸窣窣潛行於樹林裡
所有的葉子不斷被風催趕著
噗哧一聲群鳥展翅驚飛

幾片來不及告別的葉子在風中
交織的枝幹留不住悄然篩下的影
穿越昨日而來覆上白露草徑
我陡然坐起　仰望樹巔明月
銀亮梳子沿著散開的髮間輕落
眼神細語都在舊時光裡　霜蔓延時
擁著記憶密縫的暖被在群樹的懷抱裡

《中國時報》人間詩選，2021/04/26

門

跨出去
一條路便伸向遠方
有風有雨
有鷹在山間盤旋
有帆正升起於遼闊的海面

走進來
是燈是花開
是煦暖臂彎藏著茉莉髮香
童年的嬉笑亢奮地迴盪
將庭中那輪月缺了又搓圓

獨立門旁
鴻鵠已隱入淡墨雲間
燕子杳然於蛛網屋簷
尋找一把鑰匙打開時光之門

低頭卻見一雙洞澈的眼
彷彿說：鑰匙就掛在你心房

《人間福報》副刊，2020/12/29

拾朵集

在繁華處
你看到了什麼
一隻蜂的追索
一隻蝶的舞動
或是
漸去漸遠的蟬聲
走過蟬聲的盡頭
便不再回首

魚游天空
划出兩道長長的水紋
月落水中
擱淺在交錯的藻荇間

昨夜雪在窗外躡足而來
又呼朋引伴粉飾我的家
當雪遇見了陽光
世界頓時歡耀眩燦

點點融化的低語
寫出了晶潔動人的絕句

被一些細碎的聲音吵醒
舒展的新葉隔著霧紗
正在密議一場春末的盛宴

霧潮自山谷靜靜湧來
濺在衣袂髮上
濛濛而下
細如穿織時光的針

空間移動是一種旅行
時間流走也是一種旅行

世界在一顆球上
晴陰霧雨　變動
只是早晚的事

清鮮的字句
寫在花布上
詩的魚腥草
等待陽光來烘乾

大地戴上了璀璨瓔珞
仰首　觀賞雲不斷渲染的畫幅
久久　竟羞赧於自己的耀眼

風輕輕地搖
自葉間篩下的陽光
是神奇療癒的金粉

昨日花朵
今日萎落
何其迅急啊

轉眼
已是一生

陽光躲貓貓的上午
波波襲來滿耳的蟬唱
浴在各種草香裡　渾然
忘我　山野間的勞動者
即使天地變色
看雨的人已能淡然處之

一個人的旅行，在秋天
路　高速退去如湍急的水流
欒樹的殘黃赭豔紫荊的紅影
彷彿穿行於時光隧道
跨過數十年的路標
想見那站在青春花樹下的人
遠遠地我也看到當年的自己

時間之鳥歇落在樹梢
看月兒一襲雪紗曼舞
灑落銀亮輝光輕覆紅塵眼睫
夢遂醒來
展開詩的羽翼
翩飛於秋天朗闊的曠野

風轉楓紅之時
只見狂舞
只聞輕嘆
只是沉思
記起歲歲月月
片片流光閃動

撞見李花　提早
把春天的詩寫在秋風裡

由黃而紅而褐
原來時間躲在變色裡

旅行回來
楓紅燦然列隊相迎
彷彿交接
他們也要隨風遠遊了

一路收集葛藤花的輕嘆
如夢的紫霧
如霧的漫遊
恍然
聽到冬天開門的聲音

秒針一腳跨過子時中線
整個世界瞬間被璀璨的煙火點亮
而昨日亦如煙火迅疾而逝

伸向歲月的手
不覺緊緊抓住時間的馬尾

那跳出時間之河
陽光下閃爍的浪花
是記憶裡的笑與淚。

海是長卷
不斷地摺疊光陰
海有千舌
捲入歡笑吐出回音

花朵向縹緲雲山探問
春天還有多遠
謐寂中隱約傳來回音
妳　就是春天

春天啟航
都只為了抵達
愛與夢想的彼方

時間在煙雨中遊走
寂靜一瓣瓣地綻放
美麗只是流過指間的風

忍不住要告訴你
四月的雪又開始落了
青山白頭　歲月寂寂
桐花漸流成河
任陽光輕輕地來去
而我已是繫不住的舟

春天派遣仙女散花之後
又捧出了翡翠珍寶瓔珞
歌頌豐饒大地美麗的孩子

學一棵樹
賴在陽台
讓光紋身

雪白
是一種自淨其意
孤挺
縱使高處不勝寒

一盤被月光洗過的曇花，
該如何料理呢
瓢舀清泉拌以冰糖碎玉
鎖住露凝雪脂香息

風捲起四季草球
連滾了十二圈
歇憩在夢的牆角

在湍急的河流上
檢視昨天駐足的雲影
淘洗真理的金沙
打造明日信念的殿堂

葉落　花開
穿行其間
如風如露如幾聲鳥鳴

《葡萄園詩刊》230期
《大海洋詩雜誌》103期

後記

　　2014年春末，我走向更遠的山野，開始在林間築屋，過著安閒樸靜的生活，時間悠緩卻又轉眼即逝，如指間的水流，永遠無法停留。我行走在春華夏蟬秋楓冬霧裡，來回四季轉了七圈，或許有一些雪悄悄落在髮茨間，有一些恬淡將心鏡拭亮，有一些聲音在安靜裡突然聽到了……這時期不刻意寫詩，純然縱懷山林，慢慢地反倒發現詩常來找我，它透過自然及周遭事物，總會先給一些徵兆、線索，引起我的注意，然後循著這啟示去探尋，詩就在這種情況之下完成了。有時甚至覺得並不是我在寫詩，而是大自然以某種啟發，藉著我去完成詩。

　　因而寫詩的態度不由得更加敬謹了，詩之於我，或可說是日常生活中的一種召喚，一種信仰。看綠繡眼自一片嫣紅櫻夢中飛起，聽眾蟬急急於綠葉間高歌，感一地飄落的秋楓如是燦麗，迷寒的霧雨近了又遠，聞衣袖間散出淡淡的冷香；四季流轉，心亦隨之，於浮塵中沉澱出清澈瑩光，如露如月，迅疾中照見生命的寬廣與深邃。或乘著大冠鷲的羽翼，滑行於群峰之上俯瞰人間，所有的悲喜無非是過於執取，總看到一朵雲的形色幻麗，卻看不透其背後

的虛無緣起。藍亮的眼睛下，我成了旁觀的天空。

　　本書收錄2014年至2020年間的詩作，光陰飛快，詩卻悠然，在編排上以年為單位分卷，沿著時間脈絡記錄下詩前來叩訪時的靈感交會，彷彿七年時光又重溫了一回。感謝張錯老師詩如織錦的序文，老師慧心看到植根於實在世界的詩與超越，而提出「二度和諧」的讀詩觀感。向明老師則是詩壇資深的觀察者與創作者，他特別提出書中較少被注意的社會寫實詩，對天災人禍的悲憫與關懷。胡爾泰教授是多年好友，幾次受我請託於公開場所談我的詩，感謝他的詩心透視，提出了精闢的時間詩學之說。

　　記得某春日清晨，睡夢中浮現了一些句子，醒來時追憶寫下之短詩：

　　　妳是一冊詩集
　　　我是讀妳的春天
　　　在最深的水影中
　　　照見蝴蝶夢境

　　如果一生宛如一冊詩集，而細細品讀這長長的水流詩卷時，你看到了什麼？寫詩大半生，回首恍然一夢，那些曾經發著光的字句，醒來時或許只是散落滿地的露珠，日夜更迭，太陽升起時露珠亦終將消散無痕。生命何其有限，而選擇以詩記錄，或許也是一種宿命的浪漫吧！春日獨坐山林間，看百花綻放，卻也同時落英繽紛，盛開與凋

零都在風的兩袖間，聞著指間殘餘的花香，「眼睛看到的一朵花說它根本不存在／而空枝上凋逝的影說它曾經美麗過」，存在與虛無本是一體兩面，不由得想起那個被一朵花召喚的午後——

桑川 於獅山林屋

讀詩人143　PG2572

 被一朵花召喚

作　　　者	琹　川
責任編輯	許乃文
圖文排版	蔡忠翰
封面設計	王嵩賀

出版策劃	釀出版
製作發行	秀威資訊科技股份有限公司
	114 台北市內湖區瑞光路76巷65號1樓
	電話：+886-2-2796-3638　傳真：+886-2-2796-1377
	服務信箱：service@showwe.com.tw
	http://www.showwe.com.tw
郵政劃撥	19563868　戶名：秀威資訊科技股份有限公司
展售門市	國家書店【松江門市】
	104 台北市中山區松江路209號1樓
	電話：+886-2-2518-0207　傳真：+886-2-2518-0778
網路訂購	秀威網路書店：https://store.showwe.tw
	國家網路書店：https://www.govbooks.com.tw
法律顧問	毛國樑　律師
總 經 銷	聯合發行股份有限公司
	231新北市新店區寶橋路235巷6弄6號4F
	電話：+886-2-2917-8022　傳真：+886-2-2915-6275

出版日期	2021年6月　BOD一版
定　　　價	340元

國家圖書館出版品預行編目

被一朵花召喚 / 琹川著. -- 一版. -- 臺北市：
釀出版, 2021.06
　　面；　　公分. -- (讀詩人；143)
BOD版
ISBN 978-986-445-464-8(平裝)

863.51　　　　　　　　　110005750

讀 者 回 函 卡

感謝您購買本書，為提升服務品質，請填妥以下資料，將讀者回函卡直接寄
回或傳真本公司，收到您的寶貴意見後，我們會收藏記錄及檢討，謝謝！
如您需要了解本公司最新出版書目、購書優惠或企劃活動，歡迎您上網查詢
或下載相關資料：http:// www.showwe.com.tw

您購買的書名：_____

出生日期：_____年_____月_____日

學歷：□高中 (含) 以下　　□大專　　□研究所 (含) 以上

職業：□製造業　□金融業　□資訊業　□軍警　□傳播業　□自由業
　　　□服務業　□公務員　□教職　　□學生　□家管　　□其它_____

購書地點：□網路書店　□實體書店　□書展　□郵購　□贈閱　□其他

您從何得知本書的消息？

　□網路書店　　□實體書店　□網路搜尋　□電子報　□書訊　□雜誌

　□傳播媒體　　□親友推薦　□網站推薦　□部落格　□其他_____

您對本書的評價：（請填代號　1.非常滿意　2.滿意　3.尚可　4.再改進）

　封面設計____　版面編排____　內容____　文／譯筆____　價格____

讀完書後您覺得：

　□很有收穫　□有收穫　□收穫不多　□沒收穫

對我們的建議：_____

_____

_____

_____

11466
台北市內湖區瑞光路 76 巷 65 號 1 樓
秀威資訊科技股份有限公司　　　收
BOD 數位出版事業部

⋯⋯⋯⋯⋯⋯⋯⋯⋯⋯⋯⋯⋯⋯⋯⋯⋯⋯⋯⋯⋯⋯⋯⋯⋯⋯⋯⋯⋯⋯⋯⋯⋯

（請沿線對折寄回，謝謝！）

姓　　名：＿＿＿＿＿＿＿＿　年齡：＿＿＿　性別：□女　□男

郵遞區號：□□□□□

地　　址：＿＿＿＿＿＿＿＿＿＿＿＿＿＿＿＿＿＿＿＿＿＿＿＿＿＿

聯絡電話：(日) ＿＿＿＿＿＿＿＿＿＿　(夜) ＿＿＿＿＿＿＿＿＿＿＿

E-mail：＿＿＿＿＿＿＿＿＿＿＿＿＿＿＿＿＿＿＿＿＿＿＿＿＿＿＿